AF468682

LE COMMENCEMENT DE LA FIN.

AMORTISSEMENT.

(Par le Mis de la Gervais)

Avant le vote du budget, l'opinion des départemens aura le temps de se prononcer assez énergiquement pour imposer silence aux doléances effrontées de l'agiotage.
(*Journal du Commerce*, 27 janvier.)

D'après l'épreuve même du scrutin, il faudrait avoir abjuré le sens commun pour croire à la durée du système d'amortissement. (*Idem.*)

A PARIS,
A. PIHAN DELAFOREST,
IMPRIMEUR DE LA COUR DE CASSATION,
RUE DES NOYERS, N° 37.
1832.

En France, dans toute l'Europe, la gestion des finances n'avait jamais constitué un ministère, et ne semblait qu'une agence des services de l'Etat, qu'une régie des recettes et des dépenses : il s'agissait seulement de pourvoir à leur balance, de tenir les comptes en règle; un contrôleur-général, un chancelier de l'échiquier, remplissaient cette charge. Au-dessus de leurs fonctions, des attributions majeures étaient réservées au conseil des finances et aux lords de la trésorerie.

Le siècle en ordonne autrement. Il aurait dû au moins définir les mots et discerner les finances, de la finance. On ne peut ennoblir celle-ci, la rétablir dans l'opinion; mais, quant aux finances, il y avait moyen de leur conférer un titre légitime de suprématie : la seule condition était d'en entendre, d'en étendre le sens.

Les finances, généralement parlant, embrassent, en premier lieu, l'économie politique, l'industrie rurale et commerciale, la richesse publique et privée; en second lieu, la conception et la perception de l'impôt; troisièmement, le mouvement des caisses et la tenue des comptes; quatrièmement, le crédit, ou le jeu des fonds publics, ou l'agiotage.

Et c'est ce département dont l'homme fait choix, et, plutôt que de relever les finances à la hauteur de son génie, il rapetisse et ravale son talent jusqu'à la finance; et c'est sur le bourbier de l'agiotage qu'il entend asseoir et fixer le siège du président du conseil.

(*Le Ministre:* 1826.)

Il est trop tard, dira-t-on. Non, jamais trop tard; et bien souvent trop tôt.

On ne pense qu'après coup : avant on rêve seulement.

Et tantôt vient le cauchemard à l'aspect de la dette dévorant le tiers et la moitié du revenu.

Tantôt apparaît le jardin d'Eden, au lieu et place du gouffre de la bourse, enfin comblé, aplani.

Enfin, le fait se montre aux regards ébahis, et jette la lumière et sème les regrets, les remords peut-être.

Non, il n'est pas trop tard.

C'est le commencement de la fin : l'œuvre déja ébauchée, n'a plus qu'à s'accomplir.

Qui donc couvait la folle espérance que le nœud gordien serait dénoué dans cette session même?

Qui donc n'a pas acquis la ferme certitude, qu'il sera tranché net, dans la première ou la seconde session?

Un éminent doctrinaire, ne veut pas qu'une révolution politique soit suivie d'une révolution financière (24 janvier).

Qu'entend-il par là? de quoi parle-t-il?

Est-ce d'une révolution d'ordre moral, ou d'une révolution d'ordre matériel?

Le choix est à faire.

Pour le bien de tous, dans le sens de tous, point de combat, point de sang; et donc, point de révolution violente.

Et plutôt, révolution lente et douce, prospère et durable : ainsi qu'elle s'opérait politiquement parlant, à l'ordre du temps, ce despote des destinées humaines, si la morgue doctorale n'avait tant brusqué.

A défaut, au refus, qu'on se le tienne pour dit : il y aura révolution de l'ordre matériel, révolution foudroyante, pulvérisante.

Même, quoi qu'il advienne, et soit qu'il y ait ou ce qui est, ou ce qui fut, ou ce qui sera peut-être : monarchie, royauté, république.

Car tout cela n'est que forme : et le changement de forme en un sens quelconque, entraîne l'ébranlement du fonds.

Et l'ébranlement, l'agitation brouillent et troublent tout, bouleversent l'ordre des élémens, poussent ceux-là en haut, jettent ceux-ci à bas.

Ce qui aboutit à ceci, dans la sphère politique qui, quoi qu'on dise, se confond avec la sphère économique :

Que pendant le mouvement, la liberté de tous, ayant été mise en exercice, aussi la volonté de tous est mise en force, en lumière.

Mais non. La révolution morale s'accomplira, de façon à prévenir la révolution matérielle.

Voyez à l'égard de l'amortissement : en 1831,

70 votes ; en 1832, 170 votes, contre le maintien de la moitié, ou plutôt de la totalité des rentes rachetées.

Prévoyez en 1832 *bis*, l'annulation de ces rentes ; en 1833 ou 1834, l'abolition du fonds même.

Au vrai, et ces rentes, et ce fonds, cette dotation au double ratelier, qu'est-ce donc, sinon des bâtisses vermoulues de vetusté, dévorées par la vermine.

Le débat y a mis la sape, a ouvert la brêche : et dès lors, le vent de l'opinion, tantôt pénètre et mine en sifflant sans relâche, tantôt frappe et ébranle en soufflant avec violence.

En ces temps, mettre en débat et mettre en décret ; mettre en doute et mettre à néant ; même chose.

Le trône y a passé ; l'autel y passe : et le ciel n'aidant pas, l'héritage, la famille y passeront : car débattre, c'est abattre.

« La marée montante de l'opinion entre à pleins flots, dans les canaux du libéralisme. » a-t-il été dit en 1828.

En 1832, il y aurait à dire : plus de canaux qui bien dirigés, allaient fertiliser le pays ; rien que des torrens lancés de tous les rhumbs de vent, qui se heurtent et se brisent, qui déchirent en mille et mille sens le sol.

Et comment supposer que le flot impétueux viendra s'aplatir et mourir, au pied de ces gigantesques bâtisses accolées à l'édifice somptueux du crédit ?

Déja, bien qu'elles reluisent encore à l'aspect, à peine s'offrent et se hasardent et se compromettent à leur défense, certains jeunes aventureux, enfans gâtés de l'école, enfans perdus du fisc.

Qu'on écoute leurs discours, si le son parfois harmonieux doit chatouiller agréablement l'oreille.

Mais surtout qu'on entende le silence, des hommes famés en finances, auxquels l'espoir peut annoncer, et le sort peut amener, un rôle gouvernemental.

Plus avisés de sens et mieux avisés du temps, leur langage du moment s'est bien gardé, d'aller enchaîner ou entraver les actes de l'avenir.

Mais encore qu'on pèse avec soin, la parole franche du plus marquant, du plus tranchant des députés attachés au cabinet ou du moins à la couronne; comme aussi la parole décisive du plus fervent adorateur du crédit, et la parole résolue du plus puissant orateur de l'opposition.

De part et d'autre, paroles mémorables, paroles solennelles, émises au moment suprême du scrutin.

« Je réduis la question à ceci : laissez l'amortissement tel qu'il est, au moins pour cette année; car je ne prétends pas préjuger au-delà des limites d'un budget : il n'y a aucun danger. » (*M. Dupin aîné.*)

« Je crois qu'il faudrait faire précisément le

contraire de ce qu'on propose. Il faudrait maintenir, cette année, l'amortissemnt dans son entier ; sauf à voir l'année prochaine si on doit le suspendre. » (*M. Laffitte.*)

« Les capitalistes seraient bien imprudens de compter sur une affectation permanente de 44 millions. Il faut les en avertir, dût le taux de l'emprunt en être affaibli. » (*M. Odilon Barrot.*)

Laissons la chambre. Là gît l'avenir sans doute ; qu'une chance fortuite et soudaine fait jaillir tel ou tel, et qu'un caprice instantané, brusque ou refoule pour un instant.

Passons à la bourse. Ici siège l'intérêt, et non plus l'opinion : l'intérêt habile en ses vues, ferme devers ses fins ; au lieu de l'opinion futile et fragile, du jour au lendemain votant le blanc et le noir.

L'instinct précurseur, le pressentiment tacite, disaient l'évènement par anticipation.

Le cours en fait preuve, étant clos le 25 à 65 : 90, le 26 à 66 : 20, le 27 à 66 : 25, le 28 à 65 : 90.

Poussons jusqu'en la salle de l'emprunt.

Eh ! le temps a effacé les traces légères du passé : le temps a ouvert, s'il n'a pas encore frayé les larges voies de l'avenir.

Qu'il y ait encore, ou qu'il n'y ait plus d'amortissement quant aux rentes rachetées, l'idée n'en fait aucune différence.

On ne se passe plus de main en main le récit des débats méticuleux, qui semblaient répéter piteusement : *Le petit bonhomme vit encore.*

L'avenir a dévoré le présent jusqu'en la moelle des os : dorénavant le présent, par cela même qu'il est le présent, n'apparaît plus à l'esprit, qu'à titre de passé, et d'avance est relégué aux abîmes de la mémoire.

Chacun se tourne au soleil levant, non pour lui adresser sa prière, à la façon d'Asie, mais pour y adapter sa conduite, à la coutume d'Europe.

Les trois orateurs ont donné le coup de grace : leur vote, en 1832, porte au revers, leur vote en 1832 *bis*. Leur vote implique ou emporte le vote de la majorité.

De deux choses l'une.

Ou désormais plus d'emprunts, et dès-lors plus d'amortissement : ou encore des emprunts, et seulement quelque amortissement, au tiers ou au quart de leur montant.

C'est-à-dire, rien du tout ou presque rien.

Or, comme il se conçoit, le crédit ne manque pas de sortir de compte, les avances perdues du passé : le crédit ne porte en ligne que les retours de l'avenir, encore sous valables garanties.

Et comme il s'ensuit, le taux de l'emprunt accordé durant le règne de l'amortissement, ne doit, ne peut s'élever au-dessus du taux annoncé en dehors de ce régime ; qu'en juste proportion des mois, des jours qui restent à s'écouler avant l'expiration de l'année.

Mais c'est trop heureux, mille fois trop heureux : peut-être tout est perdu, fors l'honneur toutefois.

Certes, nul n'oserait aspirer à ravir par l'appât de promesses fallacieuses, quelque engagement ruineux.

Ce serait menterie, tricherie, fourberie, perfidie.

Non, on ne le veut pas; et mieux encore, on ne le peut pas. N'insultons point: plaignons plutôt.

Jamais les pauvres gens ne parviendront, n'aboutiront au prix de tant de déclamations à la tribune, de tant de chuchotemens à l'oreille, qu'à ceci.

D'abord, pour l'an de misère 1832, au dire du pays, 44 millions ou 50 avec les frais, auront été soutirés, ici du fonds de subsistance, et là du capital de production.

Puis, pour l'an de grâce 1832, au dire de la bourse, 44 millions auront été reversés et répartis en paiement de différences acquises aux joueurs de haute volée.

Les évènemens se pressent et se poussent tellement, que la trace du fait récemment accompli est recouverte, est effacée et perdue, sous le coup du fait qui lui succède immédiatement.

C'est-à-dire que la mémoire ne remplit plus ses fonctions, n'apporte plus de termes de comparaison.

Or, en politique surtout, l'esprit humain doit se défier de la méthode rigoureuse de la déduction, ne peut se reposer que sur les moyens approximatifs de l'induction.

Et il est jeté hors des voies rationnelles : et ses jugemens passent à la merci des hasards, ou son imagination s'élance dans le vague des rêves.

La marche des débats sur le point de l'amortissement, n'a que trop mis en évidence cette vérité.

Jamais on ne vit s'entremêler, et s'entrecouper ainsi, et les données et les argumens : si bien que du bord de ses partisans, l'état de contradiction permanente devait détruire la conviction fondée à l'avance.

Non sans dire en passant, que les adversaires se sont laissés aller à la même manoeuvre dans le sens inverse ; il est infiniment curieux de voir les défenseurs, tant qu'il n'y a lieu qu'à justifier la gestion du ministre des finances, amincir et amoindrir à plaisir, le montant du déficit, du découvert.

Puis, aussitôt que vient le temps de décider les esprits, à la conservation entière de l'amortissement, on les voit reprendre en sous-œuvre, les chiffres exposés, et les enfler à l'envi, et indiquer des chances tendantes à les grossir encore.

On n'en savait rien : on va l'apprendre.

La trace des impressions à peine empreinte aux cerveaux et effacée presque en un instant, sera appelée à se revivifier, lors de la discussion sur le budget.

A l'apparition de tant de mécomptes, soit quant aux épargnes, soit quant aux taxes, l'idée déconcertée reviendra sur ses erremens, et reconnaîtra les malentendus.

On a voté l'amortissement en totalité : on comptait sur le produit des économies, pour couvrir cette dépense, pour permettre quelque dégrèvement.

Mais point d'économies, sauf des misères; point de dégrèvement, sauf en promesses :

44 millions de rentes rachetées, 90 millions du fonds total de l'amortissement pèsent sans contre-poids, tombent à la charge des classes les plus misérables.

Et un raisonnement spontané, ou plutôt un sentiment inné, coupe court aux projets antérieurs d'épargne sur les services.

Il existait un service de 90 millions nets ou de 100 et 110 millions bruts, dans la proportion du neuvième de l'impôt.

Quand un patard n'a pu lui être soustrait, qui donc oserait parler de lésiner et rogner sur des services de quelques millions ?

Il existait un service de cette énormité, dont toutes les fins sont éventuelles et incertaines ; soit la prolongation annuelle des emprunts, soit l'atténuation notable du capital, soit la réduction finale des intérêts.

Quand il a été respecté à l'égal de l'arche sainte, qui donc serait assez inconséquent pour faire subir la loi de l'épargne, à des services : tantôt consacrés à l'entretien des fonctions vitales de la société ; et tantôt destinés au maintien des sources capitales du revenu de l'Etat ?

C'est mille fois impossible.

Aussi, pendant une scène continue de six semaines, que va-t-il se passer sur le grand théâtre ?

D'abord, les plus vaines tentatives pour économiser sur les services déja mal rétribués, pour sauver les frais de déjeûner du commis, pour mettre à pied le ministre ou du moins le préfet, le général, l'évêque :

Ou pour entretenir, sans qu'il en coûte rien, les armemens demandés à grands cris, et presque d'une seule voix.

Ensuite, le désappointement accompagné du cortège des regrets, des remords même, qu'il n'y ait plus lieu, à quelque remise envers qui paie à force de travail, ni à pleine décharge pour qui ne paie qu'au dépens de sa vie.

Telle était la première idée, en s'asseyant sur les bancs; tel est encore le seul sentiment, en se levant si souvent à contre-cœur, plus souvent à contre-sens.

On voulait la fin : on n'a pas voulu les moyens : maintenant on veut de même; seulement on ne peut plus.

Puisse-t-on ne pas passer de la douleur à la colère?

Puisse le cabinet n'en être pas victime : car un nouveau ne sera pas un autre; car le remplaçant, ni ne vaudra mieux, ni ne tiendra plus que le remplacé.

En tout cas, le ver rongeur, ne laisse pas de repos. Il faut enfin, bien qu'un peu tard, vérifier les allégations, et peser les argumentations.

Or, en fait d'allégations, rien que du faux.

Sans fin, sans cesse, on déclare, on proclame une dette de 4 milliards 800 millions en capital.

Tandis qu'il y a déduire de cette masse, près d'un milliard pour les rentes rachetées, et 600 millions au moins pour les rentes immobilisées, et 500 millions d'excédant pour la plus value simulée des trois (*84 millions à placer* : page 18.)

D'où le capital, en tant que rachetable ou

remboursable, ne dépasse pas 2 milliards 700 millions.

Puis, vis-à-vis ce chiffre imaginaire de 4 milliards 800 millions, on met en balance, seulement 84 millions d'amortissement : concluant de là, que le rapport n'est que de deux à cent, n'est pas aussi haut que lors de l'invention du fonds.

Tandis que sous le point de vue de l'amortissement, il y a encore à soustraire du chiffre réel de 2 milliards 700 millions, le capital au denier 20, de 35 millions de trois (1).

Et qu'il faut porter le fonds d'amortissement à 90 millions au 1er janvier 1833, puisque les rentes à émettre ont été procomptées.

D'où, au lieu du rapport de 2 à 100, le rapport s'établit de 4 1/2 à 100, entre le fonds et la dette.

De même, quant à l'intérêt de la dette, on met en avant, tantôt le chiffre de 345 millions, en y confondant les pensions ;

Tantôt le chiffre de 258 millions, en y comprenant le fonds primitif de l'amortissement : tantôt le chiffre de 215, en omettant de distraire la somme des rentes rachetées.

Pendant que l'intérêt réel ne monte, ou plu-

---

(1) Le temps avance où il sera compris que c'est insensé de racheter maintenant, que c'est impossible de rembourser jamais, les trois pour cent.

tôt ne montera en 1833, qu'à 170 millions, environ au sixième du revenu public (1).

Ensuite, d'après ces vaines poses de chiffres, on insiste à ne rien céder sur l'amortissement : soutenant fort et ferme, que de l'entamer, c'est marcher à la banqueroute, et que d'y penser seulement, c'est vouloir la banqueroute.

Pendant qu'il faut déduire du chiffre réel de 170 millions, d'abord 40 millions en trois et en quatre, puis 30 millions de rentes inaliénables : qu'on ne doit racheter, qu'on ne peut rembourser,

D'où il ne reste que 100 millions, précisément la somme de dettes, que veulent conserver tous les professeurs en amortissement.

De même, à l'égard de la perte en fait d'emprunts, on ne se lasse point de calculer en capital, lequel n'existe plus dans une rente constituée : sauf qu'il plaise et tant qu'il plaira, de le faire revivre, à l'effet de rembourser à beaux deniers, un titre simulé.

D'une part, en n'appréciant pas, le sacrifice de l'amortissement, pour un temps indéfini, vis-à-vis le bénéfice de l'emprunt, pour la seule année 1832.

D'autre part, en portant en ligne, par antici-

(1) Nous avons une dette qui absorbe le quart de nos revenus.... Quand la dette a atteint le quart du revenu, l'État peut se soutenir encore. (*Le rapporteur*, 27 janvier.)

pation, le profit résultant de la réduction de l'intérêt: laquelle est à venir on ne sait quand, même au dire de la foi la plus fervente.

Or un tel imbroglio a besoin pour qu'on y croye, que la preuve en soit donnée.

« Il faut donc défalquer pour la perte de l'emprunt, 12 et 14 millions sur le montant des rentes annulées.....

« De plus, si les fonds atteignent le pair, il y aura une épargne, sur les intérêts de 20 millions et même de 30, si on réduit de 1 pour cent.....

« En ajoutant à ce chiffre, le chiffre ci-dessus de 12 à 14 millions, il y aura 50 millions en moins de différence...

« Ainsi en maintenant l'amortissement, d'un côté vous ne perdez pas 12 à 14 millions; et de l'autre vous gagnez 35 millions. » (*Le rapporteur:* 26 janvier).

Certes, jamais chiffres ne furent aussi décevants; car il n'y a à réduire que sur 100 millions; il n'y a à épargner que 20 millions.

Car 12 et 14 millions, ajoutés à 20 millions, ne font que 32 ou 34 millions.

Comme aussi en fait d'argumentations, rien que du faux, ou du vain, ou du vague; ce qui est démontré par cela seul, que la parole, si ce n'est la pensée, se promène sans cesse, de l'un à l'autre moyen.

Tour à tour, ont été pris pour cheval de bataille :

1° L'obligation légale de servir le fond de l'amortissement :

2° La convenance politique d'alléger la masse des dettes :

3° La certitude acquise d'emprunter à meilleur prix :

4° L'espérance conçue de réduire le taux de l'intérêt.

Toutes choses auxquelles il a été assez répondu pour n'avoir plus qu'un mot à dire.

Obligation légale : idée recueillie dans le bagage du ministre de 1824 ; et ainsi réfutée, dans le rapport fait à la chambre des pairs en 1824 : non, l'Etat ne doit à ses créanciers que le service exact des arrérages.

Idée privée de bases ; car la loi de 1817 article 41, ne dit que ceci : la portion attribuée à cette caisse dans lesdits produits est fixée à la somme de 40 millions.

Idée dénuée de sens ; car ladite loi n'engage l'État qu'envers l'État ; et l'État, lié par une loi, est délié par une autre loi.

Non sans observer que le caractère du contrat sinallagmatique ne se manifeste que dans les nouveaux emprunts, constitués à charge d'amortissement ; en quoi les premiers actes d'emprunts diffèrent essentiellement d'eux.

Par bonheur, il est arrivé depuis un an que l'effet de l'obligation, d'abord étendue jusqu'aux rachats, n'est plus appliquée qu'au fonds : signe que le temps marche et marchera.

Convenance politique. La réponse est ci-dessus : on veut garder 100 millions; il ne reste que 100 millions.

Une autre réponse a été donnée aussi, par le marc d'argent, si heureusement cité à la tribune, dont le mouvement progressif réduit la dette aux deux tiers, en quarante années. (*Du Résumé sur le Budget.*)

Cependant ici, comme partout ou à peu près, la médaille a deux faces, savoir l'endroit et le revers.

Qu'on prenne pour l'endroit, si cela plaît, l'allègement des rentes; au moins, l'alourdissement des taxes se rencontrera au revers.

Le choix est à faire entre les rentes et les taxes : celles-là qui se déprécient en une façon spontanée; celles-ci qui font avorter tant de valeurs prêtes à naître et à renaître.

Il y a à mettre en présence, et l'amortissement de la dette publique, et l'amortissement de la richesse publique.

La balance de compte a été dressée ailleurs.

Certitude acquise. Point de doute à cet égard : d'autant qu'on rachètera plus de rentes chaque matin, d'autant on revendra mieux ces rentes au premier beau jour.

De sorte que, si en manière d'essai, on imaginait de racheter et de revendre en même somme, à même époque, le prix serait le même, sauf les frais de courtage.

On n'en est pas rendu là ; on n'y sera parvenu qu'en cinq ou dix ans : l'amortissement devant s'élever alors à 120 et 150 millions, somme à peu près égale à l'emprunt annuel de guerre.

Pour ce jour, pour l'instant qui pèse si dur et passe si vite, en n'annulant que les rentes, la baisse qui s'ensuivrait, appellerait de nouveaux capitaux et ramènerait avant peu la hausse.

Et en abolissant rentes et fonds, la baisse serait plus forte, l'appel serait plus fructueux ; toutefois sans que le cours se rétablit au même taux, avant du temps.

Encore on emprunterait à un demi pour 100 au-dessous, à 6 au lieu de 5 et demi, à 80 et plus au lieu de 90 (1).

On emprunterait en cinq pour cent français au même cours qu'on emprunterait en trois pour cent anglais.

Ainsi la perte ne serait, sur un emprunt de 200 millions, que d'un million en intérêt : vis-à-vis la perte de 10 à 12 millions de profits, qui est occasionée par la levée des taxes appliquées à l'amortissement.

---

(1) « On suppose que l'inflection du cours ne serait que de 5 pour 100, et on la regarde comme insignifiante. » (*Le commissaire*, 25 janvier.)

M. Laffitte a admis l'hypothèse d'une perte de 25 p. 100 ; mais je ne suppose que 6 ou 7 p. 100. (*Le rapporteur*, 24 janvier.)

Mais on n'empruntera pas tous les ans? on ne subira pas tous les ans la perte d'un million environ; tandis que chaque année, ces taxes entraînent la perte de 10 à 11 millions, progressivement aggravée.

Espérance conçue. Il n'est plus fait mention que d'un demi pour cent, que de dix millions, sur les cent millions réductibles.

Eh bien! qu'on y réussisse; et aussitôt après, qu'on abolisse en entier l'amortissement, l'enlèvement de 90 millions nets ou 100 millions bruts, une seule fois opéré, détermine une perte annuelle de 10 millions de profits, à jamais.

Et comme avant cinq ans, le cours de la rente ne peut être consolidé à un taux suffisant pour le permettre; pendant cinq ans, chaque année du service de l'amortissement infligera à la richesse publique, une perte annuelle de 10 millions.

Ce sera 50 millions perdus et 10 millions gagnés, par an.

Mais le débat est de toute autre sorte.

Il n'y a pas même à rappeler comment la question a été résolue en point de droit par le général Foy; ni à observer comment la mesure serait accueillie en point de fait, dans l'état actuel des choses.

Voici le point capital : le gouvernement est libre, est maître; supposons-le. Il peut agir et ne peut vouloir.

Ecoutez le commissaire du gouvernement : (25 janvier.)

« En décembre 1831, la dette publique 5 pour cent, entre les mains des particuliers, s'élevait à 96 millions. Elle était divisée en 245 mille parties.

	Parties.	*Rentes.*
« Au-dessous de 500 fr. de rentes.	210 mille.	34 millions.
« Au-dessous de 2,000 fr.	27 mille.	24 millions.
« Au delà de 2,000 fr.	7 mille.	38 millions. »

Le discours n'annonce point comment les 5 pour 0/0, se partagent entre Paris et les départemens : mais pour toute la dette, il établit 170 mille parties à Paris et 117 mille en provinces : d'où quant au cinq seulement, il y aurait là 127 mille parties, et ici 90 mille environ.

Le commissaire en tire cette conclusion :

« Vous voyez donc que rien ne touche plus intimement que le crédit public, aux intérêts des classes pauvres de la société.... On voit s'il s'agit uniquement d'un intérêt propre à la capitale. »

En parlant de cet exposé vraiment palpitant d'intérêt, vraiment concluant en raison, le commissaire, tantôt à la suite et tantôt en tête d'autres orateurs, avance au soutien de la thèse tant chérie :

Que l'amortissement est obligatoire pour offrir un acquéreur au rentier qui veut réaliser ; et que son emploi se limite à l'accomplissement de ce devoir.

De plus, que sa réduction porterait l'effroi au

cœur des rentiers, et ferait jeter sur la place leurs inscriptions.

Non sans ajouter qu'il est de l'*essence* de toute dette : 1° de payer les intérêts ; 2° de rembourser le capital : et qu'autrement on marche à la banqueroute.

Or sous le dernier rapport, cette essence prétendue est toute d'invention et même de nouvelle invention : car très-innocemment, nul ne s'était astreint encore à rembourser un constitut.

Quant à la banqueroute, dans l'ordre banal des choses, soit vis-à-vis l'individu ou l'Etat, elle est prévenue plus sûrement, par le refus de prêter à celui qui s'obère ;

En quoi il ne se rencontre guère d'exceptions : sauf que les grands seigneurs n'en imposent à la confiance par leur ascendant ; sauf encore que les grands financiers n'attirent et n'embauchent au moyen de quelque appât décevant, du genre de l'amortissement.

Mais c'est le premier point qui fixe, qui absorbe la pensée.

Certes, rien de plus loyal, de plus généreux, de plus magnanime, si bien qu'on était loin de s'y attendre, et qu'on est en peine d'y croire.

« Allez, chers rentiers : et ne prenez pas la peur, ne gagnez pas le cauchemard. Dormez en paix.

« Allez, on amortira, et toujours, et de plus en plus.

« Puis, venez, chers rentiers. Vous avez un

fils à placer, une fille à marier : reposez-vous sur nous. Votre cœur de père n'aura pas à saigner ; même votre bourse aura peu à se saigner.

« Venez : l'amortissement est là.

« Loin que l'Etat veuille bénéficier sur vous ; au contraire, il entend se sacrifier pour vous.

« Voyez l'œuvre pie ! L'Etat dépense 84 millions par an, justement pour se donner la douceur de racheter votre rente au cours le plus haut qu'il se puisse.

« Et de plus, il achète, il paie à l'heure même. »

Ainsi on parle, ce semble.

Ecoutons la réponse des rentiers.

« Eh ! nos bons messieurs, que le Ciel vous bénisse et vous récompense ! Chaque matin, chaque soir, comptez sur nos ferventes prières.

« Toutefois souffrez, permettez un mot, un seul mot.

« Nous sommes 210 mille pères de famille, avec femme et deux enfans, ayant à partager entre nous 34 millions de rentes, au terme moyen de 150 fr. environ.

« Et en outre, 27 mille ayant à partager 24 millions, au taux moyen de 900 fr.

« Or daignez observer dans les conseils infinis de votre munificence, car tel est le cas piteux de vos plus humbles serviteurs, les 210 mille :

« Hélas ! qu'on n'a pas peur, quand on n'a rien ou autant vaut.

« Hélas ! qu'on ne vend pas, sauf que ce

soit pour vivre, quand on n'a qu'un à peu près de ce qu'il faut pour vivre.

« Hélas! qu'on ne donne point une dot et qu'on ne paie pas un état, quand les parens n'ont plus de bras, quand les enfans n'ont que des bras.

« Grand merci donc, nos bons messieurs, nos bons seigneurs : ne vous mettez pas tant en frais pour ne nous donner aucun gain.

« Dame, il y aurait mieux, bien mieux pour nous. Mais faut-il le dire? mais cela se peut-il faire?

« Oh! vous ne savez pas sans doute, ou vous ne pouvez pas peut-être.

« Voici donc, à tout risque :

« C'est que, ne vous déplaise, chacun des 210 mille, vos plus humbles serviteurs, tenant de l'Etat moyennant finances, 150 f. de rentes, au terme moyen;

« De plus, ou pour mieux dire en moins, est sommé et contraint, au nom dudit Etat, de débourser aux mains de ses agens, pour impôt direct de toute sorte, de 10 à 30 fr. par an;

« Et de rembourser à titre d'impôt indirect, aux débitans de diverses denrées, en retour des avances faites à l'Etat, aussi de 10 à 30 fr.

« Le tout faisant un total de 20 à 60 fr., et faisant du huitième au tiers de la chétive rente.

« Point de doute : c'est gros Jean qui remontre à son curé. Point de doute : il faut que le curé ait tort, pour que gros Jean ait raison.

« Mais enfin, on pourrait peut-être, en épargnant le service de l'amortissement, on pourrait peut-être, disons-nous, abolir ou alléger certaines taxes, à faire rentrer de ceux qui n'ont point de rentrées, aussitôt le ventre plein et le dos couvert. »

Arrêtons-nous. Le colloque est un peu long : les rentiers s'étaient enroués à crier en 1824; depuis il y avait un renflement de paroles.

1824! quel mot est tombé de la plume? et quelle pensée remonte en tête?

N'a-t-on pas encore reparlé, ou de rembourser la masse des rentes, en menaces; ou de réduire un cinquième, par fraude; ou de convertir, à perte pour l'intérêt, avec gain en capital.

Toutes choses diverses de forme, pareilles au fonds

Le pauvre rentier par terme moyen avait, 150 f. de revenu : il n'aura plus que 120 f.

L'impôt lui prenait 30 f.; l'état lui prendra 30 f., somme à doubler l'une par l'autre.

Est-ce donc l'amortissement qui fait cela? lui qui naguère avait l'ame si bonne, les entrailles si tendres.

Est-ce l'amortissement qui ayant tenté trop en vain de servir les gens, en retour prétend se venger en les ruinant.

Eh! comment biffer d'un trait de plume, le cinquième du revenu, à 210 mille familles, à un million d'êtres, pas citoyens sans doute, et néanmoins des hommes peut-être?

C'est le commissaire parlant pour compte du ministre, qui s'élève et se révolte à l'encontre.

Vous voyez que rien ne touche plus que le crédit public, aux intérêts des classes pauvres; vient-il de s'écrier.

Vous voyez que le service intégral de la rente touche encore bien plus, que ce qui touche le plus, aux intérêts des classes pauvres; va-t-il s'écrier.

C'est logique; même c'est grave. Et le siècle est si logique, si grave, qu'il ne déraisonne que dans toutes les règles, et ne se déride qu'après mûre réflexion.

Or, qu'y gagne l'Etat? puisqu'il a plu de se faire de l'Etat un être métaphysique; et de faire abstraction de tous les membres sensibles dont il se compose?

10 ou 20 millions d'épargne, à répartir entre 30 millions d'habitans, jusqu'à due concurrence de 14 sous ou de 7 sous par tête!

Qu'en coûte-t-il à l'Etat? En 1832, cent millions bruts, enlevant par an et pour l'éternité, 10 millions de profits annuels.

En 1835, 125 millions; en 1838, 150 millions, agissant en la même façon.

Si bien que l'opération étant faite à 5 ans de date, il y aurait 600 millions en capital à débourser, et 60 millions en profits à ne pas embourser.

Ne vous attendez pas que la parole transmette, ni même que la pensée possède, la connaissance du mobile intuitif, du principe instinctif des déterminations humaines.

Des causes occultes, parfois tenant de la routine et parfois provenant du sort, soufflent la volonté; à l'insçu de la conscience, à laquelle elles échappent; en l'absence de la réflexion, à laquelle elles ne se soumettent pas.

Et la pensée, la parole, esclaves enchaînées à la glèbe, ne remplissent que l'office de mornes instrumens, que le service d'agens mécaniques.

La première, avec la mission de guetter, de mendier çà et là, certains motifs plausibles, certains prétextes valables, qui viennent à l'appui de la thèse résolue *a priori.*

La seconde, avec la fonction de bâtir là-dessus, quelque édifice de phrases cimentées par l'art du style; et d'enfermer les esprits dans quelque dédale de sophismes, où ils se perdent bientôt, d'où ils ne se tirent qu'à l'aide du fil decevant qu'on leur jette enfin.

Ainsi, dans la discussion sur le crédit, on concevait sans effort, que *les loups-cerviers à la suite des armées*, et que *les sauveurs de l'Etat à* 12, 20, *et* 30 *p.* 0/0 *d'escompte*, de plus en plus alléchés par l'appât, dussent s'épanouir à la tribune, sur les ineffables douceurs de l'amortissement.

Mais on était inhabile à comprendre, à quel titre, en quelle vue, l'amortissement si vain en promesses, si faux en résultats, se voyait prôné et préconisé par des orateurs dont le jugement n'était pas altéré, dont le sentiment n'était pas refoulé, sous le coup des suggestions de la cupidité.

En deux mots, le mystère nous a été dévoilé.

Vraiment la partie était égale. D'une part, on ne tenait à la réduction du service de ce fonds, qu'à l'effet de parvenir à la réduction du service de l'impôt.

D'autre part, on n'insistait avec tant de ferveur sur le maintien intégral du fonds, faut-il le dire, qu'afin de s'assurer par contre, le maintien intégral de l'impôt.

Un discours où l'esprit et la lettre parlent à l'unisson le plus parfait, vient déceler, ou plutôt dénoncer, quelle intraitable manie, quelle hidrophobie mentale, se révolte à l'idée du remaniement de l'impôt.

C'est en ces termes, que l'évangile doctrinaire nous est débité.

« Eh bien! messieurs, la société a besoin de cadres comme l'armée : elle est contenue dans des cadres légaux qui font sa force, et il importe de les conserver intacts et permanens; car, quand une fois ils sont brisés, rien de si difficile que de les rétablir et de faire rentrer la société dans les cadres qui la contenaient habituellement. Ces cadres sont les pouvoirs établis et les contributions établies. Briser les pouvoirs, briser les contributions; déclarer que la société en est venue à ce point, qu'elle ne peut plus supporter ni les uns ni les autres; faire succéder une révolution financière à une révolution politique; briser les impôts comme on a brisé les pouvoirs, c'est mettre la société tout entière en question, c'est prolonger jusqu'à des limites indéfinies la crise contre laquelle nous luttons si péniblement.

« Pour moi je ne sais si je m'abuse, mais c'est précisément parce que les pouvoirs établis ont été mis en question et renversés, renversés légitimement; c'est parce que nous avons eu une révolution politique à accomplir, que nous avons glorieusement accomplie, que je crois qu'il importe au salut de la France, de se préserver d'une révolution financière; qu'il importe de maintenir, je ne dis pas dans tous leurs détails, mais dans leur force réelle, de maintenir intacts et permanens, ces impôts établis qui sont les cadres matériels de la société, qui sont les moyens par lesquels son existence matérielle se développe.

« Il n'y a donc rien de plus grave, je le répète, que de proclamer la détresse, l'impuissance publique. Je ne dis pas que cette impuissance ne soit jamais réelle : il y a des pays assez malheureux pour en être arrivés à ce point; mais je dis qu'il faut y bien regarder avant de prononcer un semblable arrêt. (24 janvier.) »

Ainsi parle le chef apparent des doctrinaires, de ces sectaires politiques : lesquels ont poussé les Bourbons vers l'abîme, et ne voulaient que déplacer des portefeuilles, lorsqu'ils ont brisé des couronnes. (*M. Pagès*, 18 octobre.)

La société a besoin de cadres. . . . les cadres sont les pouvoirs établis, les impôts établis. . . . gardons les cadres intacts, permanens.

Briser les pouvoirs : passe encore. Puis, c'est accompli ; et de plus, c'était légitime

Mais briser les impôts : à Dieu ne plaise! mais proclamer la détresse : rien de plus grave.

Mais faire succéder une révolution financière à une révolution politique : quelle horreur ! quelle calamité !

Il y a du repentir, du remords ce semble, au fond de tout cela.

Apparemment l'orateur tremble que lui et ses amis, gens fort habiles peut être, mais certes peu adroits, de même en ne voulant que déplacer des recettes, n'aillent briser des services.

Et à trembler avant, il y avait à se sauver; à trembler après, il n'y a qu'à se perdre.

Encore, si la révolution politique n'avait pas été consommée, la révolution financière, ou pour mieux parler, la révolution économique, ne serait pas ainsi commandée.

Maintenant la révolution économique aura lieu à la suite, ou par suite de la révolution politique ; aura lieu ou bon gré ou malgré.

Il faut voir ce qui est, pour savoir ce qu'on fait.

Or prenez en compte, les voix, les bras surtout.

Sur cent pères de famille, combien en est-il qui préfèrent la révolution politique, à la révolution économique.

Combien en est-il qui s'en tiennent à la révolution politique, et n'aspirent pas à la révolution économique.

De même, en l'un et l'autre sens, et peut être en somme, cinq ou dix au plus.

Attendu que ce nombre est circonscrit dans le cercle d'un certain degré d'aisance et d'intelligence : où même il se rencontre un tiers ou un quart de gens qui ne rêvent que paix et repos.

Pour ceux-là, la révolution politique présente le but, renferme la fin : là est l'Elysée, en deça ou par-delà le Tenare.

En leur nom, dans leur sens, on ne pouvait mieux parler.

Mais il en est tout autrement, pour les neuf autres dixièmes ; en qui généralement domine la matière ; pour qui la forme n'est rien et le fond est tout.

Ailleurs, c'était des citoyens ; ici ce ne sont que des hommes : ou si cela plaît, ailleurs des esprits purs ; ici des bêtes brutes.

Pour ceux-ci, la révolution politique, loin de

marquer le but, seulement trace les voies ; loin d'être prise pour fin, n'est prise que pour moyen.

En leur nom, en leur sens, on ne pouvait parler plus mal.

Qu'on leur ravisse la révolution : c'est indifférent.

Qu'on les gratifie de mille et une révolutions, ou de droite ou de gauche ; c'est insignifiant.

Seulement, à chaque révolution qui éclate, voilà qu'un trait, qu'un rayon de lumière, les saisit, les frappe au milieu des ténèbres immémoriales.

La force a déja triomphé ; la force triomphera encore.

Le pouvoir tenait si peu : le pouvoir ne tiendra pas plus.

On a eu beau jeu de l'ancien régime : on aura beau jeu aussi du nouveau.

Et cette fois, le droit est avec eux, bien que la loi soit contre eux : cette fois, le droit délaisse la loi, et s'allie à la force.

Mais laissons, jettons de côté, la phrase alambiquée, quintescenciée, de ces rhéteurs échappés du quartier latin, de ces sophistes ressuscités, non pas d'Athènes, mais de Bizance.

De ces politiques à la règle et au compas, pour qui l'espèce humaine est substance impassible, et qui la loupe sur l'œil, le bistouri à la main, taillent et tranchent dans le vif, sur le patron de leur idée.

Ah! qu'il vaut mieux entendre la parole d'un

homme qui au faîte de la fortune, laissait souvent percer une pointe de sentimens humains; qui sur le déclin des prospérités, semble goûter quelque compensation, en s'adonnant à la sainte tâche.

Qui le premier et seul encore, et toujours le même, ayant mis au jour le système du crédit, et demeurant, devenant de plus en plus idolâtre du fruit de ses œuvres : toutefois ne lui sacrifiait que par mégarde les intérêts de la souffrance; et même en ce jour, se montre prêt, sinon à délaisser son travail favori, du moins à le suspendre pour un temps, à l'appel des droits, des besoins, des périls.

Tellement qu'au moyen du développement de ses plans, et de l'application ou plutôt de l'altération de la théorie, dans le sens de la pratique; les critiques justes alors, eu égard à la face d'abord offerte au jugement, doivent faire place aux éloges justes aussi, à raison de la face maintenant présentée.

Tellement qu'en sortant à son exemple des régions de l'absolu, et rentrant sous les limites du relatif, de l'un à l'autre bord il y a accord parfait;

Et qu'il apparaît comment la dissension entretenue par un mal-entendu, tenait seulement à ce que, entre des vœux et des vues de sorte fort diverse; ici et là, il existait une prééminence en quelque sens, plutôt qu'une exclusion en aucun sens.

« Ma première pensée était, s'il n'y avait pas

eu d'autres moyens de soulager les contribuables, de voter non-seulement l'annulation de 44 millions, mais de demander la suspension de l'amortissement tout entier....

« Si nous étions dans la nécessité indispensable de sacrifier l'amortissement, pour apporter un soulagement aux contribuables, je voterais pour sa suppression....

« Je suis convaincu que le poids des impôts qui pèsent sur le peuple est intolérable, et qu'il faut faire tous ses efforts pour le diminuer....

« Quand nous serions deux ou trois ans, dans l'impossibilité de faire face aux dépenses ordinaires, sans écraser les contribuables; je crois qu'il y aurait raison et sagesse à s'adresser à l'emprunt....

« Si le peuple ne peut pas payer les 978 millions du budget, il faudra diminuer les taxes qui pèsent sur certaines classes, dans une proportion inégale....

« Je ne m'inquiéterais pas d'une réduction de 40 ou 50 millions s'il le faut : je ne serais pas arrêté par la crainte des embarras du trésor : quand même cette situation devrait durer plusieurs années....

« Lors de la loi des recettes, vous verrez s'il faut diminuer tel impôt plutôt que tel autre ; et si l'un porte sur les classes riches, tandis que l'autre pèse sur les classes pauvres. Mais ne cherchez pas à aligner vos recettes et vos dépenses : ce ne sera pas autre chose que 40 ou 50 millions à emprunter....

« Je finis par où j'ai commencé; et je dis qu'il faut nécessairement diminuer les impôts qui sont intolérables, qu'il faut soulager le présent, en mettant une charge légère sur l'avenir. (27 *janvier.*)

Voilà ce que dit l'orateur : et jamais a-t-il été dit autre chose ?

Il faut soulager les contribuables par quelque voie que ce soit.

Il faut diminuer les impôts intolérables et soulager le présent.

Il y aurait raison et sagesse à s'adresser à l'emprunt, plutôt que d'écraser les contribuables.

Il n'y a pas à s'inquiéter d'une différence annuelle de 40 à 50 millions, même pour plusieurs années.

Qu'on ne cherche pas à aligner les recettes et les dépenses : ce ne sera que 40 ou 50 millions de plus à emprunter.

Tel est le résumé.

De même, l'amortissement ne fut jamais attaqué, qu'en ce que à raison de la fause assiette des impôts, ses fonds sont faits par la destruction du nécessaire, le décroissement du travail, l'avortement des produits.

De même, le crédit fut toujours exalté, au cas que sans amaigrir et la population et la production, il eut pour emploi, de favoriser la naissance des valeurs nouvelles, au moyen de primes et de secours, de routes et de canaux :

Comme aussi, au cas qu'il fut consacré à l'utile et juste fin de maintenir l'ordre au dedans, de garantir au dehors, ou la paix ou la victoire.

Amortissez la dette publique, s'il se peut, était-il dit en second lieu : mais n'amortissez pas la richesse publique pour quoi que ce soit, était-il dit en premier lieu.

Cependant l'orateur ne se borne pas à émettre des vœux, à indiquer des vues : il jette un linéament capital ; il trace en façon d'ébauche la ligne des moyens propres à atteindre ses fins.

Ecoutez ces paroles précursives :

« J'ai toujours soutenu un système de crédit, clair et positif. Il fallait, en entrant dans ce système, que l'on créat des rentes à différens taux, afin que chaque emprunt fût un emprunt spécial, et qu'il eût un amortissement séparé. Alors on aurait vu que l'amortissement servait réellement.....

« Au contraire, on a toujours augmenté le capital de la dette en même temps que le capital de l'amortissement s'élevait ; de sorte à faire croire que l'État finirait par faire banqueroute.....

« Si on avait fait des emprunts séparés, les uns seraient déja remboursés en entier, et les autres le seraient en partie.....

« Si les emprunts eussent été séparés, l'amortissement ne serait pas, comme on le dit, une illusion ; son objet n'étant que d'amortir, de payer la dette. » (*Idem.*)

On n'attend que les développemens : le cours des choses, l'acte des temps se charge de faire sortir du principe, les conséquences.

Les emprunts à divers taux; les emprunts à part l'un de l'autre ; un amortissement spécial dans le contrat; une extinction à terme fixe et prochain.

C'est beaucoup dire ; ce n'est pas trop faire.

Le passé s'est fourvoyé : il y a à sortir de ses sentiers, à s'ouvrir une route nouvelle.

D'abord, consolidation des rentes présentes ; puis, reconstitution des emprunts futurs.

Système qui à la fois, entraîne l'abolition du fonds entier de l'amortissement, et arrête l'accroissement indéfini de la dette, et promet un taux favorable de négociations, et réprime les tentations d'abuser du crédit.

Attendu que le rachat n'a plus à s'exercer sur des rentes devenues immeubles, éliminées du marché, isolées des emprunts nouveaux;

Et que la dette est limitée à la somme actuelle, au moyen de ce que le fonds spécial attaché à chaque emprunt, l'éteint en quatorze ans ;

Et que les négociations sont favorisées par la même cause, ainsi que par la séparation de l'ancienne dette, et la possession exclusive du marché ;

Et que les tentations sont affaiblies, à raison de la collocation d'un fonds annuel de 10 pour 100 au lieu de 5 à 6 pour 100.

Effet multiple qui résulte d'un seul acte : résultats divers qui proviennent d'une cause unique.

Lisez l'écrit : 84 *millions à placer*, page 28-64.

Ici, un seul mot est dit ; là, beaucoup de choses ont été dites.

Il manque seulement que des financiers à chiffres y appliquent l'art du calcul, et précisent le mode, déterminent les formes ;

Et peut-être, que des habitués de tribune délayent l'idée mère encore brute, l'allient à des lieux communs, la parent de phrases brillantées, afin de lui faciliter l'entrée dans les cerveaux.

Espérons, attendons.

En tout cas, viennent maintenant les paladins de la doctrine, à cheval sur leur Rossinante bardé de principes, et l'armet tailladé de sophismes en tête, et le baume des paroles dorées au bout de la langue !

Viennent même un loyal membre de l'opposition, et un ami sincère du gouvernement, et un homme d'Etat du plus grand poids !

« Il y a danger à supprimer des impôts, et plus encore à en établir...... Tout ancien impôt prend son niveau, et est payé par qui doit le payer...... L'impôt nouveau, le plus logique, expose la société aux risques d'être bouleversée. (24 janvier.)

Disons que toujours l'impôt sur la misère est payé et surpayé par qui ne doit ; et que trop souvent l'impôt sur le travailleur n'est pas remboursé par le travail.

« Je n'admettrai pas que jamais on puisse commander les votes, en disant que le moyen d'apaiser une guerre civile serait de réduire tel impôt...... S'il y a des rebelles, ce n'est pas par la condescendance, qu'il faut les rappeler à leur devoir; c'est avec une juste sévérité qu'il faut les forcer à l'obéissance (26 janvier). »

Disons qu'on parle ainsi avant que la rebellion n'éclate, et parfois non sans raison : mais qu'au début, que dans le cours de la guerre civile, on agit autrement, s'il est temps encore.

Disons que la loi n'acquiert le droit d'être sévère, qu'après avoir accompli le devoir d'être juste; et qu'ici comme partout, la maxime politique et morale est ceci :

Faites plutôt justice et prévenez l'émeute.

« Je cite les paroles du préopinant : le pays n'a su aucun gré de la diminution sur le droit des boissons; la révolution n'en a pas moins été accusée d'écraser le peuple d'impôts.....

« Vous voyez quel a été le résultat de la mesure la plus populaire en apparence.... Vous voyez que ce ne sont pas les suppressions d'impôts, qui font le bonheur du pays.....

« En outre de ce que cette suppression n'a produit aucun soulagement au peuple, elle a fait un tort considérable à l'Etat (25 janvier). »

Certes, cela est vrai : mais pourquoi est-ce vrai ?

C'est que tout a été fait à rebours, à contre sens.

Divers cris, se répondaient en écho; les cris du producteur, du consommateur, du commerçant.

Or, le premier était miné de souffrances, auxquelles l'Etat ne pouvait rien, sauf à acheter tous les vins et les revendre à moitié prix.

Le seul remède curatif, consistait en la réduction des vignobles, ou dans l'accroissement de la dépense générale.

Un seul remède palliatif se rencontrait dans la diminution de l'impôt foncier, sur cette sorte de biens-fonds : chose convenable et peu coûteuse.

Le cri des consommateurs, en tant que les marchands et débitans s'exprimaient sous ce nom emprunté, ne devait pas être écouté : car ceux-ci se font rembourser de l'impôt et allaient profiter du total de la décharge.

Du reste, les petits consommateurs, d'accord sur ce point, avec les petits producteurs, n'aspiraient qu'à la juste appréciation des vins à l'entrée des villes.

Les marchands, aussi d'accord avec les grands producteurs, ne sollicitaient que la pleine liberté de circulation.

Les débitans n'avaient ni droit, ni intérêt à réclamer; la prompte concurrence devant en tout cas, rétablir l'équilibre.

Enfin, les petits producteurs se bornaient à supplier d'abolir les droits sur l'entrée des vendanges, et peut-être les droits sur la piquette.

Du bord des petits consommateurs et producteurs, ainsi que de celui des grands producteurs et des marchands en gros, la justice morale, la prudence politique, la raison économique, plaidaient en leur faveur.

Et rien n'a été fait.

Mais quelle serait cette étrange méthode de juger la chose, non d'après le principe et bien d'après les résultats?

De nécessité, il faut que l'homme intervienne dans la chose : de nécessité, il faut que la chose tienne de l'homme.

La chose est-elle bonne ou mauvaise en elle-même? Sur ce point, le jugement faillit trop souvent : l'expérience est appelée à son aide.

Mise à l'épreuve, la chose tourne mal. Alors le doute s'élève : seulement il y a à voir si la cause du mal réside dans l'essence de la chose, ou si elle dérive de l'influence de l'homme.

Ainsi, la France est belle et bonne chose, sans contredit : pourtant, de temps immémorial, la France tourne mal, rebutant les faveurs de la fortune, provoquant les rigueurs du temps.

Et qui donc a jamais douté, que si elle tournait mal, c'est qu'elle était mal menée.

Eh bien, proportion gardée, il en est de même, à l'égard du droit sur les boissons, et de l'impôt de quotité.

On le dénie encore quant au premier : et ne voulant pas laisser tomber le blâme sur l'homme législateur, sur l'homme administrateur, on préfère lancer l'anathême sur la chose.

Conclusion d'autant plus choquante, qu'en maints et maints écrits depuis quinze ans, la matière avait été analysée et développée, de manière à ravir tout prétexte à l'erreur. (*Essai analytique sur les vins :* 1828.)

Conclusion encore plus déplorable, en ce qu'on semble prédisposé à peu près machinalement, à raisonner ou déraisonner de même, au sujet de l'impôt de quotité.

Cependant, l'impôt de répartition était trop ridicule, en ne saisissant que les deux tiers peut-être de la matière imposable. (*Exposé des motifs :* 1831.)

Le sens commun ordonnait de transformer la contribution mobilière, en un impôt de quotité; afin que la matière imposable fut évaluée en totalité, et que les cotes respectives fussent assises en juste proportion. (*De l'amortissement :* 1831.).....

« Il y a plus : le projet portait les caractères éminemment propices, d'introduire dans la pratique, ce linéament de la loi capitale : qu'ainsi que l'indigence dispense de l'impôt personnel, la malaisance est autorisée à rejeter sur l'octroi, sa quote part de l'impôt mobilier.

« Et d'insinuer dans les têtes, cette haute vérité que l'impôt mobilier est appelé à faire subvenir aux charges de l'Etat, les dépenses dans leur cours successif, d'autant qu'une partie de leurs sources échappe au prélèvement du fisc.

« Deux maximes tutélaires dont une conséquence manifeste, se serait heureusement montrée, en préférant d'obtenir au moyen du tarif progressif de cet impôt, le montant des taxes accumulées sur la misère et le dénuement. (*Idem.*)

Certes, à de tels titres, la contribution mobilière, transformée en impôt de quotité, promettait de porter les fruits les plus précieux et les plus abondans : soit pour les temps de paix, en se prêtant à l'allègement des classes laborieuses.

Soit et plutôt encore, en cas de guerre, en s'offrant à fournir le type, à fixer le mode, à tracer la règle, quant à l'érection d'un impôt analogue à l'*income tax*.

Mais aussi, et il faut le dire, jamais encore le doigt malencontreux de l'homme ne s'était ingéré en une si triste façon ; comme à l'instar de la Harpie, dont le contact de l'aile suffisait à souiller, à corrompre tous les mets.

D'abord le projet était entaché de certains défauts, ainsi qu'il fut exposé en temps et lieu, et tour à tour à chaque chambre :

A la chambre des députés.

« Les campagnes sont grevées en ce que le minimum de l'impôt personnel est porté de 1 f. 50 à 2 f. 10; et qu'un million et plus de cotisables, jusque-là censés dans l'indigence, paiera la taxe.

« Elles sont grevées en ce que l'impôt mobilier frappera sur les bâtimens d'exploitation, et que les cotes trop basses ne seront pas, comme dans les villes, acquittées par l'octroi.

« Elles sont grevées, en ce que l'impôt des portes et fenêtres tarifé à 15 sous par moyen terme, aura à s'appliquer à toutes les ouvertures quelconques sans aucun égard à la misère absolue. »

Et à la chambre des pairs

« Les députés, ici souverains, ailleurs esclaves, ont craint de déplaire à leurs commettans, par l'adoption de l'impôt de quotité quant au mobilier, et n'ont pas osé embarrasser le ministère par la réduction des recettes.

« De là, et sans doute à contre cœur, il leur a fallu, élever l'impôt personnel de 1 franc 50 à 2 francs 10, et l'étendre à un ou deux millions d'êtres, jusqu'alors censés indigens.

« Et l'isoler du mobilier, en telle sorte que les personnes aisées ne peuvent plus prendre à leur compte la charge des misérables.

« Et transformer les portes et fenêtres, en impôt de quotité, à l'effet d'atteindre les ouvertures jusqu'à présent libérées.

« Et se refuser à tout amendement, même pour l'exemption de la seule fenêtre, après la taxation de la seule porte.

« Grevant ainsi les campagnes à part, d'une surcharge de 5 millions pour le personnel, et de 7 millions pour les portes et fenêtres : en conformité de cette assertion du commissaire, que le peuple des villes est infiniment plus pauvre que celui des campagnes.

« Mais aussi en contradiction avec des paroles d'une toute autre autorité. :

« L'impôt du sel forme une capitation triple de la première, qui frappe principalement sur le peuple des campagnes, infiniment plus pauvre que celui des villes. (M. Laffitte, 13 juillet 1829.) »

Or c'était assez dire et même c'était tout dire : avant que la mise en pratique de la loi eut dévoilé devant les esprits stupéfaits, l'esprit d'extorsion au plus haut degré, et les caractères de l'arbitraire à un point encore inouï.

Tellement qu'à la fois, les rigueurs ont été aggravées, les faveurs ont été répudiées, comme il a été exposé ailleurs. (84 *milliards à placer :* page 60.)

Toutefois, que s'ensuit-il donc ?

D'abord, à l'égard du projet alors en débat, que les députés ont eu tort, de ne pas se dégager de la chaîne des électeurs, de ne pas se considérer au titre de délégués du peuple.

Et que les pairs ont eu tort, de ne pas sentir qu'un pouvoir ébranlé et froissé, ne peut acquérir quelque force et opposer quelque résistance, qu'en s'implantant dans le sol de la popularité, qu'en se retranchant derrière les lignes de la justice.

Puis, quant au fait enfin mis en lumière, qu'il fallait en premier lieu, non pas décréter, car le droit avait été violé ; mais seulement déclarer que remise pleine et entière, était faite, de l'excédant des trois impôts, sur les cotes de 1830.

Non sans faire usage au besoin, de l'excellente méthode conseillée par M. Laffitte, de prendre sur l'emprunt, le déficit de l'impôt.

Qu'il fallait en second lieu, ordonner l'enquête la plus stricte, la plus rigide, pour rechercher et manifester, les abus, les délits commis dans l'exécution ; et faire justice, quoi qu'il dût en advenir.

Mais à cause que l'homme a mal agi, décider que la chose est mal conçue !

A cause que l'homme a perdu la chose, abolir la chose et absoudre l'homme !

C'est franchir dans la carrière indéfinie de l'absurde, au-delà de toutes les limites jusqu'à présent respectées.

DE L'IMPRIMERIE D'A. PIHAN DELAFOREST,
rue des Noyers, n° 37.

www.ingramcontent.com/pod-product-compliance
Ingram Content Group UK Ltd.
Pitfield, Milton Keynes, MK11 3LW, UK
UKHW020451230726
13925UKWH00005B/1866

9 782014 037159